하얗게 웃는

신선희 시집 하얗게 웃는

1판 1쇄 펴낸날 2023년 9월 27일
지은이 신선희
발행처 (재)공주문화관광재단
펴낸이 이재무
기획위원 김춘식, 유성호, 이형권, 임지연, 홍용희
책임편집 박예솔
편집디자인 민성돈, 김지웅, 정영아
펴낸곳 (주)천년의시작
등록번호 제301-2012-033호
등록일자 2006년 1월 10일
주소 (03132) 서울시 종로구 삼일대로32길 36 운현신화타워 502호
전화 02-723-8668
팩스 02-723-8630
블로그 blog.naver.com/poemsijak
이메일 poemsijak@hanmail.net

ⓒ신선희, 2023, printed in Seoul, Korea

ISBN 978-89-6021-734-8 03810

값 11,000원

하얗게 웃는

신선희

천년의시작

시인의 말

내 마음에 생긴 옹이와 만나고 싶었습니다.
끝내 다 만날 수는 없었습니다.
다만 그 옹이를 다독여 주고 기다려 주고
마음에 다시금 담아내는 일을 해야겠다 느꼈습니다.
많이 무섭고 떨립니다.
따뜻한 눈길이었으면 합니다.

차 례

시인의 말

제1부

바람 부는 날 ——— 11

매미 ——— 12

봄이 왔다고 ——— 13

매화꽃 ——— 14

유리병 ——— 16

오늘 같은 날 ——— 17

능소화 사랑 ——— 18

이맘때 ——— 19

단풍 ——— 20

용담꽃 ——— 21

청천靑天 ——— 22

박꽃 ——— 23

여전히 ——— 24

오월이 진다 ——— 25

치자꽃 ——— 26

분꽃 ——— 27

다시, 봄 ——— 28

기다림 ——— 30

5월의 크리스마스 트리 ——— 31

꽃비 ——— 32

이랬다 봄은 ——— 33

그 하얀 꽃 ——— 34

계절 ——— 36

6

제2부

제민천에서 ——— 39

묻다 ——— 40

삶 ——— 41

봉사 ——— 42

가로등 ——— 43

사랑 그 또한 ——— 44

허공 ——— 45

그림자 ——— 46

우산 ——— 47

색소폰 ——— 48

시 ——— 49

약속 ——— 50

늘 푸르른 ——— 51

낮달 ——— 52

침묵 ——— 53

교감 ——— 54

시선 ——— 55

마스크 ——— 56

필요 없는 말 ——— 57

바람과 강물 ——— 58

제3부

차를 마시며 ——— 61

먹먹한 날엔 ——— 62

나, 누군지 알아요? ——— 63

차와 여인 ——— 64

생일 국 ——— 65

자고 있는 사람 ——— 66

그땐 몰랐다 ——— 68

철든다는 건 ——— 69

대화 ——— 70

어머님 ——— 72

팔순 ——— 73

그런 사람이 그립다 ——— 74

바람이 많은 날 ——— 75

어른이 되어서야 ——— 76

인연 ——— 78

취급 주의 ——— 79

누나 예뻐 ——— 80

어버이날 ——— 82

금어기 ——— 83

지옥 ——— 84

이제야 ——— 85

이삿날 ——— 86

병이 든다는 것은 ——— 88

해 설

양애경 교감交感 ——— 89

제1부

바람 부는 날

깎아지른 절벽 틈
꽃잎을 피우며
바람 끝자락
늙은 벗나무 한 그루

노동에 찌들어
살다 가신 아버지 닮았다

"화내지 말고 참고 살아라"

파도 소리 내며 흐르던 강 물결
꽃잎 떨어질 때마다 순해진다

저 멀리
하얗게 웃는
늙은 벗나무

매미

후두둑 쏟아지던 굵은 빗줄기도
간절한 마음 앞에 무릎을 꿇었다
뜨거움의 승리다
라디오에서 흘러나오는 음악과 뒤엉켜
보란 듯 울어 대고 있다
어디 숨어 있었을까

생의 마지막 곡이 절정으로 치닫는다

봄이 왔다고

나왔다
바람 불기에 그냥

삼월의
제민천 물살은
혼자 울고 있다

중태기
피라미 다 어디 가고
한 송이 수선화
설레고 있다

봄이 왔다고

매화꽃

순간의
따뜻함보다
남은 온기가 오래가도록
많이 뜨겁지도
너무 차갑지도 않게

그래
꽃을 피우기는
더욱 어려운가 보다

아는 것
몰라야 하고
말하고 싶은 것
삼켜야 하고
보고도 못 본 체
때가 되면 저절로
다 알게 된다는데

매화꽃

봉오리 진 가지

나이 들어 간다는 건

생각이 많아진다는 것이다

유리병

버려진
유리병 속

꽂아 놓은 아게라툼
뿌리가 나오는가 싶더니
새 가지를 낳았다

바람의 향기
클라리넷 선율이 체온이 되어
꽃을 피웠나 보다

베트남에서 온
영찬이 엄마
유리병 속에서 웃고 있다

오늘 같은 날

불쑥 찾아온 하얀 나비처럼
너는 우아했다

너로 인해
나에게도 향기가 난다

창가에 서서 봉황산 산 그림자
손가락으로 그리는
오늘 같은 날

피아노 선율처럼 날아온
해오라기난초

능소화 사랑

담장 틈 비집고 핀
한 줄기 능소화

사랑은 이렇게 하는 거야
이렇게 애써서 피워 내는 거야
한바탕 웃지만

절정에서
우수수 떨어뜨리고 마는
꽃잎 꽃잎들

이맘때

잿빛 하늘
멈춰 버린 시간
삐걱거리는 마룻바닥 사이
밀려오는 서러움

누가 가져갔을까
짙푸른 대숲의 향기

빈 유리창 뒤뜰엔
보랏빛 벌개미취
무리져 서성이고 있네

단풍

어지간히
덥고 긴 여름날 가고
그 사람도 가고
푸르러
온종일 푸를 것 같은
우리 사랑도 가고

잎마다
눈길 가는 곳
변해 버린 변절자

지금
내가 그렇다

용담꽃

나비의
날갯짓처럼 살랑살랑

문 하나 사이로 느껴지는 바람
그리도 안 보여 주더니

반나절쯤 기지개 활짝 핀
보랏빛 용담

연둣빛
은행잎이 다 노랗게 바래지 않듯
보이는 것만이 다가 아닌
아직도 더 보여 줄 게 많은

괜스레
허전하고 헛헛한 걸 보면
이때가 그땐가 보다

용담꽃 피던 그해
그 가을

청천靑天

어쩌면
저리 파랄 수 있을까

잡으려 해도 잡을 수 없게
휙 몰아치는 바람 따라
저만치 도망가 버린 구름
속 좁은
이 마음도 가져가면 좋겠네

풍덩 던지고 싶은
하늘

시퍼렇게
멍든 마음이 저럴까

박꽃

언덕
올라가는 노부부

노신사
고단한 삶의 무게를 대신 짊어진 듯
힘겹게 우산을 지팡이 삼아 올라가고 있다
할머니 예쁜 꽃 그림 가방을 메고 있다

노신사의 눈 속에 어린
활짝 웃고 있는 박꽃

등 굽은 할머니 초가지붕 위
산 그림자도 내려와 웃고 있다

여전히

누구를 기다리다
저리도 예쁠 때 놓아 버리는지
능소화 진다

시간을 쌓으면
마음은 저절로 쌓이듯
사랑은
담아 두어야 할 때도
때로는
흘려보내야 할 때도 있다
상처는 고약하기도 고맙기도 하다

너의
그 단호함이 누군가에게는
두려움이 될 수 있다

그래도 너여서 좋다

오월이 진다

연둣빛 오월이 진다

붓꽃의 오월은 곱고 싱그럽다
장미의 오월은 생각이 많다
작약의 오월은 그저 괜찮다
백일홍은 오월이 궁금하다

오월의 연둣빛
진다

치자꽃

보고 싶어 눈에 아른거리면
간지러운 하이힐 소리 먼저 보내고
살포시 찾아오는 그대

눈물 날 것 같아
돌아앉은 뽀얀 꽃이여

울컥울컥 노랗게 토해 내던
순결한 사랑
향기로 멎는다

분꽃

흐드러지게 피었다
사랑 준 적 없는데
심은 것도 아닌데
검은 눈물 뚝뚝 떨어뜨릴 때
알아차렸어야 했던가
분홍 귀걸이 주렁주렁 앞세우고
잊힐까 어김없이 찾아온 사랑

다시, 봄

봄에 처음 찾아간 집
꽃향기만큼 좋았다
주인이 더없이 좋아 보였다
젊은 부부 파스타집

젓갈집 딸이라나
명란크림파스타
갈치속젓파스타
이름만큼이나 특별했다
젓갈파스타와 느린빵

코로나 시절 다 겪고 이제
봄이 왔나 했더니
불현듯 떠나야 한다는
이유도 모른 채 쫓기듯 나가야 한다는

우연히 들렀다가
마지막 봄을 보고 왔다
올리비아 꽃잎 덩그러니 처절하다

그들에게

언제

다시, 봄이 오려나

기다림

분홍 꽃비 흩날리던
살구나무 그늘 아래
노랗게 무리 지어 살던 복수초
이제 떠나보내고
새로이 둥지 튼 보랏빛 용담
차디찬 돌덩이 밑에서 꽃을 피워 낼 수 있을까
걱정이다
슬퍼해 줄 살구나무도 없다
살구나무 따라 떠났어야 했나
기다릴 일이다
기다려 주는 일이라도 할 수 있어서
다행이다

5월의 크리스마스 트리

눈꽃치즈 같아
어디선가 달큰한 향도 나는 거 같아
한겨울의 눈송이보다 더 하얗고 탐스러운
그래서 한없이 눈부신
때아닌 서리가 내린 것처럼
초록빛 속 몽글몽글함이 더 좋아
5월의 이팝나무
장미만 5월인 게 아니네

꽃비

매화꽃 지는
뽀얗고 설운 자리
사이로
당신이 떠나던 날처럼
더디지도 않고 서두르는 기색도 없이
봄이 왔다

벚꽃
꽃비 뻐끔뻐끔 날리고
뻘쭘하게 떠나갔다

이랬다 봄은

연하고 비릿한 봄비 내린다
산수유 도란대며
꽃망울 터뜨리는 소리 노랗고 정겹다
세찬 풍파 과감하고 고고하게
지켜 낸 매화 향기 파랗고 그득하다
과하지 않게 그렇게 슬쩍 에두르던 봄

이웃집 여자 가슴 콩콩이게
게슴츠레한 바람 소리 내는 걸 보니
설렘이 곧 두려운 어느 날이다

그 하얀 꽃

동백꽃 피었다

꽃 보러 관광버스에 오른다

꽃 피는 절정기에 떠나는 길이다

갔다 왔다는 자랑도 슬쩍 곁들일 요량으로 연신 사진으로 남긴다

먼 거리 일찍 준비해서 떠났지만 힘든 기색 없이 기다린다

만개한 꽃들을 보기 위해서는 그만한 수고는 해야 한다고 토닥이며 저절로 미소가 핀다 눈으로 가슴으로 한가득 담고 온다 행복한 순간이다

산자락 붉은 동백꽃

두고두고 가슴에 담는 꽃

황홀한 꽃

또 한 무리 꽃 보러 떠난다

너도나도 잠을 설쳤다

정해진 시간에만 볼 수 있다

조바심을 안고 길게 줄을 선다 게으름을 피우면 볼 수 없다

이때만이 기회다 오래 기다린 보람이 있다 저절로 웃음꽃이 먼저 핀다

그렇지만 돈이 많이 든다 그래도 괜찮다

아무나 볼 수도 가질 수도 없는 꽃

다음에 언제 볼지 모르는 꽃이라 애가 타고 안타까운 꽃

커다란 가방에 오롯이 핀 하얀 동백꽃

누구나 볼 수도 만질 수도 없어

버겁고 허한 꽃

그 하얀 꽃*

---

* 하얀 꽃: 명품 가방을 사면 넣어 주는 종이 가방에 달려 있는 꽃.

계절

겨울은 차갑고 바람 서럽다
가을은 외로우며 바람 쌉싸름하다
여름은 많이 덥고 습하며 바람 시큼하다
봄은 짧아 서글프지만 바람 달큰하다
계절과 계절을 가려 주는 게 비와 바람이라면
사는 데 있어 사람과 사람을 이어 주는 건 눈물과 사랑
버렸다가 다시 주워 담는 거
끝끝내 묻어 두어야 하는 거
곱씹어도 곱씹어도 삭혀야 하는 거
이것 또한 사랑
사는 내내 기다리고 그리워하는 게 계절이듯
사랑도 같지 않을까

제2부

제민천에서

비에 젖은
왜가리 한 마리
불어난 물을 주시하고 있다.

지켜보는 누군가를 의식했는지
서서히 날아오르는가 싶더니
얼마 못 가 다시 내려와 기웃거린다.

처음부터 혼자였는지
무리에서 떨어졌는지

센 물살에
외다리로 세상을 떠받치고 있는
그를 보면서
저만치 내가 있었다.

묻다

그대의 문에 기대어 본다
문틈으로 안을 들여다보고 싶다

굳게 닫힌 문
나조차 다가갈 수 없는

혹
내가 먼저 문을 닫아 둔 것은 아닐까?

당신
오늘 마음의 문 열어 두셨는가?

삶

산다는 건
그림자 하나 만드는 것
아무리 밟으려 해도 밟히지 않는
내 그림자처럼
고단한 아픔 뒤 따라다니는
또 다른 나
때론 고통의 소용돌이까지도
숨겼어야 하는 진실
산다는 건
그림자 하나 드리우는 것

봉사

흔들리는 버스
연둣빛 신록 좋다

흥겨운 노래 익숙한 멜로디
발그레한 얼굴 행복한 미소
별거 없는 인생
절뚝이던 다리도
제대로 펴지 못했던 허리도
이 순간만은 온전

한잔 술에
가슴의 응어리 삼켜 버리고
노래 한 구절에
온갖 설움 토해 낸다

혼자서 가만히 앉아 있는 것도
이런 때는 봉사다

가로등

생각이
나서 좋은 걸까

좋아서
생각이 난 걸까

그때 그 순간
그곳 그 자리

언제나 서서
날 비춰 주는

꺾어진 골목
가로등 하나

사랑 그 또한

모든 것을 한 방에 날릴 수도 있는
강렬해서 맞닥뜨리기보단 슬쩍 비껴가야 하는
그냥 인정할 수밖에 도리가 없는 바람만큼

달빛도 감추고 싶은 것
들킬까 봐
구름 뒤로 숨어 버린 날

그림자 착각한 것처럼
숨 쉬듯
그렇게 내게로 왔다

허공

마음속에 풍경 하나 걸려 있다
땡그렁 땡그렁
어찌할 바 갈피를 못 잡는 마음
다스려야 하는지
이대로 잘하고 있다
응원하는 소리인지
마음 가는 대로 느껴지는 대로 하겠거니
언제쯤 풍경 소리
처마 밑에서 들려올까나
바람 따라 풍경 허공에 흔들리고 있다

그림자

스스로 가둔 동굴
허우적대다
무언가 홀린 듯 무작정 나오니
문밖에 펼쳐진 또 하나의 세상

이마에 맺히는 땀방울도
머리칼을 스치는 바람도 꽃도
그저 좋다

그냥 돌아앉았을 뿐인데

우산

지독하리만큼 더운 것보다
더 야속하게 느껴지는
오락가락 내리는 비

찬란했던 순간이 있었음에도
이젠 갖은 구박에
천덕꾸러기 신세

언제 아쉬울지 몰라
슬쩍 버리고 오지도 못한

다음엔 내가 더 애가 타
귀찮게 할
애증의 관계

색소폰

따뜻해서 좋았다
여전히

설렜다
처음처럼

손만
잡았음에도

시

유리창
빗물이 노래를 하고 있다
가슴 한구석
간절함, 막연함
눈물로 그림을 그리고 있다

훔쳐서라도 쓰고 싶다

한 줄 쓸 수 없어
속절없이 오늘도 밥만 축냈다

약속

비가 오는 아침
음악 소리조차 없는
조용한 카페
지금 이곳엔
약속 깨져 갈 데 없는 나와
옆 테이블의 들고양이뿐

창밖을 지그시 바라보며 무슨 마음일까

누군가에겐 행복의 단비
또 누군가에겐 빗방울 수만큼의 외로움

헛웃음이 나온다
바람맞힌 사람 때문인지
여전히 야속하게 내리는 비 때문인지

늘 푸르른

앙상한 숲 사이
푸른 소나무 외롭다
오랫동안 글을 써 왔던 노시인도
너무 힘겹다고 하는 글쓰기
이제 시작한 햇병아리
제대로 노력도 해 보지 않고
겁부터 낸다
잘 쓰려고만 한다
그래서 자꾸 숨기만 한다
늘 푸르른 소나무
부러워만 한다

낮달

지붕 끝 저 멀리
까치 날아올라 내리다 난간에 멈칫한다
떨림을 감추려는 듯
재빨리 날개를 퍼덕인다
파란 하늘 위
낮달에게 들키지 않으려는 듯

지금의 내 모습이 그러하다
희미해진 낮달
슬며시 피해 준다

침묵

키가 커서 서글픈 접시꽃은
화려함 뒤에 숨은
안 봐도 될 것을 보고
침묵해야 함을 알았다
혼자서 겪어야 함을 눈치챘다
지나던 바람도 조용히 머물다 감이 그렇다

가장 크고 무서운 소리가
침묵임을 바람은 벌써 알고 있었다

교감

집주인 며칠 여행 가며
밥 챙겨 달라 부탁한다
들고양이 두 마리
열대어 열댓 마리
시간 맞춰 물고기 밥 반 스푼
고양이 사료 한 사발이며 물 꼬박 주었지만
고양이 눈치를 본다
물고기 거꾸로 누워 시위를 한다
집주인 이르는 말 꼬옥 꼬옥 지켜 챙겨 줬건만
어항 속 열대어도 들고양이도 주인이 누군지 안다
매번 밥을 주던 주인의 숨소리와 손끝으로
이쯤 되면 열대어도 병이 날 만하다
주인이 버리고 간 줄 아나 보다

시선

따각따각 육중한 체중의 소리
코로나 시절 마스크를 쓰고도
멀리서도 알아보는
멋스럽고 자신감 넘쳐 보이는
정작 그게 다는 아닌
시시때때 먼저 챙기는 선글라스
기분에 따라 그날 입은 옷에 따라 달라졌다
선글라스를 쓰고 보면
사물이 달리 보이기도 하지만 그보단
숨길 게 많은 흔들리는 시선 감춤이다
비겁함이다
색안경을 쓰고 보는 다른 이들의 눈길을
애써 외면함이다
비겁함이다

마스크

사람은 누구에게나 습관이 있다
이를테면
거짓말을 하면 코를 만지거나 귀를 만지거나
난처할 때 눈을 깜빡거리거나
불안할 때 다리를 흔들거나
이쯤 되면 알겠지
한때 하얀 마스크로 두려움을 숨길 때가 있었는데
이젠 그마저도 안 되겠지
눈빛만으로 말할 수 있었던 걸
이제 시원하게 말할 수 있겠는가
아니다
겨우 코와 입만 막을 수 있어도
세상과 단절하기엔 그 정도로도 충분했던
그때가 더 좋았을지도
그래서 그 작은 세상에
더는 기댈 수 없어 슬픈 이도 있다

필요 없는 말

하지 말아야 할 말 해 놓고

그러지 말아야지

수백 번 다짐은 다 잊고

이런 말 해도 되나는 왜 하였는가

믿는다고

아니 누구도 나조차 다 믿지 말라고는 왜 말하였는가

사람과 사람 사이엔 어긋남도 있기 마련

좋았으면 다 좋았을 것을

다짐은 뭐였나

사람과 짙어지기까지 그때까지만

좋아하는 것은

내가 더 다가가는 것임을

그냥 그대로가 진심임을

말은 더욱 필요 없었을 것을

바람과 강물

고창 모양성에는 대나무 숲이 있다
맹종죽으로 대나무 중 제일 커다랗고 굵은
성이 대나무 숲을 지키고 있는 건지
대나무 숲이 성을 지키는 건지
아마도 성을 지키고 품은 것은
꼿꼿한 바람과 눈물 가득 효심일지도 모른다
공주 공산성엔 커다란 느티나무 있다
성벽 너머 고개 당당히 내민 당산나무
300년 넘게 지켜 내고 있는
성을 보듬고 곁을 내주는 것은
아마 하늘을 품은 강물과 세월일 것이다

제3부

차를 마시며

우리도
우러날 수 있다면

보이차
세차(洗茶)하고 우릴수록
감칠맛 나듯

녹차
첫 잔에 가득한 차향
우릴수록 달큰한 뒷맛 나듯

우리도
우러날 수 있다면

먹먹한 날엔

먹먹한 날엔
국수를 먹자

생각지도 못한 곳에서
아니 기대조차 하지 않은 곳에서
선물을 받게 될지도 모르니

약속 없이도 만나지고
생각만으로도 통하게 되는
말하지 않아도 가는 길이 같은

좋은 사람은 곧 선물

소박함 속에 따뜻함이 우려진
국수 한 가닥의 인연처럼

가슴 먹먹한 날엔
국수를 먹자

나, 누군지 알아요?

나
누군지 알아요?
대중가요 따라 부르는 그녀들
어쩌면 좋을까
박자도 안 맞는데
나를 잊어버린 것일까
가슴 저린 날

나
여기 있다는 거 말하지 마세요
반갑게 인사를 하고도 뒤돌아선
잃어버린 시간들
어쩌면 좋을까
마음 엉킨 날

오늘이 그들에게 제일 젊은 날

차와 여인

부슬부슬 비 내리는 창 너머
무리지어 피어 있는 꽃들이
바람에 춤을 춘다

붉은빛 홍차 황홀한 향
오직 나만을 위한 자리
백작 부인이 된 듯한 착각

함께 머문 공간에서
같은 곳을 바라보는 시간

한여름의 달콤한 꿈 같았네

생일 국

정월 초하루
80 노모가 반백 살 딸 밥상 차린다
으레 이날이면 차례상 뒤로 당연하듯
어미 아니면 누가 챙겨 주나
불쌍히 여긴 게다

정작
당신은 그날 제대로 드실 수나 있었던가
남들은 아이 낳고 물리도록 먹었다는데
80 넘어서까지 여전히 끓여 주시는
염치없음에도
먹어도 먹어도 평생 물리지 않는 생일 국

몇 번이나 더 먹을 수 있을까
언제나 생각해도 눈물겨운 사랑

자고 있는 사람

사람이 좋다
그렇다고 무턱대고 아무나 좋아한다는 것은 아니다
나와 생각이 같거나 좋아하는 게 같거나
그도 아니면 마음이 따뜻하거나

만졌을 때 그냥 좋은
결이 같은 사람이라 더욱 따스한
그렇지만 적당한 온도로 과하지 않게
적정 거리를 유지할 수 있는
그래서 오랫동안 함께할 수 있는

사람이 좋다
언제든 닿을 수 있는 곳에
그런
사람 살고 있다
갑자기 짜증을 내면
다른 사람 눈치채기도 전
얼른 알아채고 밥부터 먹자는 사람
얼굴 표정 하나만으로도 기분을 알아채는 사람

살짝 귀에 이어폰 꽂아 주며 좋아하는 음악으로 감싸
주는 사람
그런
사람 저기 자고 있다

예전엔 다 좋았던 건 아니다
이제야 더욱 좋아진 거다

그땐 몰랐다

처음 그녀를 만났을 때
작은 체구에도
매서운 눈매가 있었다
보고 있는 것만으로도
주눅이 들 때가 있었다

시간이 지나 이젠 큰 소리로 말해야
겨우 알아들을 수 있는 그녀
그나마 입 모양을 봐야 알 수 있다는데
어느 날은 큰 소리보다 작은 소리가 더 잘 들린단다
백발에 숱까지 없어 모자로 가려야 하는
몇 번의 넘어짐에 등도 굽어
어릴 적 초등학생 딸보다 더 작은
145cm의 그녀

눈빛이 흔들리는 것을 보았다

이제야 알았다
그녀의 인생은 잘못이 없다
세월이 그리한 것이다

철든다는 건

사람들이
자식 중 엄마를 내가 제일 많이 닮았단다
이젠 딸아이마저 그렇게 말한다
다른 형제들은 아빠 닮아 날씬한데
하필 뚱뚱한 엄마를 닮았다니

그 시절
많이 배우지도 못하고
고생 많던 그 삶을 내가 똑같이 살까
노심초사했을 그 얼굴

내리막길에서 문득 돌아서 보니
포개지는 얼굴
어머니
나의 어머니

대화

눈가
주름이 자글자글한 노인과
아직 채 성글지 않은 아이
같이 잠을 자고 있다

아이는 노인의 기차 지나가는 숨소리에 뒤척이고
노인은 아이의 서슬 푸른 발길질에 잠을 설친다
둘 다 잠을 편히 자기는 틀린 모양

갑자기
일어섰다 눕는 아이
잠결에 놀란 노인 모르는 척
얼른 부채질을 한다

할머니 고마워요

아이의 잠꼬대가 저만치 간다
노인도 코골이로 답을 한다
둘 사이에

우리가 알지 못하는
대화가 흐른다.

어머님

큰 소리로 말해도
딴소리 하시던 어머님
이젠 잘 들리는 게
보청기 덕이란다

조금은 답답했어도
듣기 싫은 소리 안 들어
더 좋았다는 어머님

남들은 치르지 않아도 되는
비싼 값 치르고
들어야 하는 소리

이젠 듣고 싶은 소리만
듣고 싶다는 어머님

팔순

새해가 밝았다
떠오르는 태양은 볼 수 없었다

첫날부터 알 수 없는 무엇인가로
답답했던 것도 잠시
뜨지 않는 해를 보며
소원을 빌던 엄마 말씀하신다
꿈자리가 그렇게 뒤숭숭하더니
간밤에 니들 아빠 다녀갔다
니 아버지 올해가 팔순이시다
생신에 옷 한 벌 지어 드려야겠다

그렇구나

잿빛 하늘 섧다

그런 사람이 그립다

사람이
사람을 만나는 일

천천히
스며들어 물들기도 하지만
때론 갑자기 만난 소나기처럼
마음을 흠뻑 뒤흔들기도 하는 일

흘러간 시간 되돌릴 수 없듯
흐르는 물조차 결 따라 흐르는데

오래도록 물결 살피며 뒤돌아봐 주는
그런 사람 그립다

바람이 많은 날

광목 치마에
쓱쓱 닦아 주던 복숭아
오이 맛이 난다
할머니 냄새다

바람이
휘저어 놓은 마음
낙엽들이 바람에 날리며
말을 걸듯 시를 쓴다

바람이
많은 날엔
성난 파도가 아닌
할머니 치마폭 잔물결이 되고 싶다

어른이 되어서야

잊힌 줄 알았다 아니다 미처 생각하지 못했다는 게 맞을 것이다 어른들 말씀 귀담아들을 일이다 하나도 틀리지 않으니 물론 다 그런 건 아닐 수도 있겠지만 아버지가 얼마나 고생하셔서 자식을 뒷바라지하셨는지 엄밀히 따지면 관심조차 없었던 것이다 그냥 철이 없었다 아버지는 집에서 걸어 다닐 수 있는 거리의 직장을 다니셨다 항상 도시락을 싸 가지고 다니셨다 어릴 적 동네는 시골이었고 부양할 가족은 많았다 아버지는 일찍 출근을 하셨다 이른 아침 아버지는 곧장 직장으로 가시는 게 아니고 어딘가를 들르셨다 그곳은 할아버지 할머니의 산소였다 매일 아버지는 그곳에서 절을 하시고 출근을 하시는 거였다 비가 와도 눈이 와도 꼭 하셨다 그래서 그 자리는 움푹 패다 못해 잔디가 자라지 않았다 할아버지는 아버지가 얼굴도 기억 못 하는 나이에 돌아가셨다고 했다 그럼에도 얼마나 사무치고 그리웠으면 자리가 파일 정도로 찾아갔을까 아버지도 기댈 곳이 필요했던 것이다 이제는 안다 어른이 왜 이렇게 힘든지 철없던 시절이지만 또렷이 아버지 얼굴 생각날 때 그리워할 수 있는 추억이라도 내겐 있다 사람에겐 다 힘든 시기가 있다 착하게 살면 그 끝은 좋다고 항상 그런 말을

해 줬던 아빠가 내게도 있었다 지금은 없어진 곳 그 언저
리인가 짐작만 하는데 그 자리 지날 때면 등 굽은 아버지
아직도 거기 앉아 계신다

인연

오늘도 그녀는
강산을 세 번 바꾸고
띠를 세 번 돌아선 곳에 가서
우두커니 앉아 있다

말이 그리워 세상이 그리워
흐릿하게 잊혀 가는 하루하루
얼핏 맑은 날이면
두 손 꼭 잡고 되뇌시던 말
세상 안 좋은 일은 다 내가 짊어지고 갈 테니
딸내미는 걱정 말고 재미나게 살라고

정월 초하루 미역국 먹던 날
세상과 인사를 했다
꽃차에 주렁주렁 매달고 떠났다
억겁의 인연
수양 엄마

취급 주의

아파트 현관 앞
택배 상자 하나 놓여있다
취급 주의
절대 던지지 마세요
내가 뭘 시켰더라
상자 뜯어 보니
아 이거였구나
나도 누군가에게 못된 말
두고두고 곱씹히는 말
칼로 베이는 듯한 말
얼마나 던진지도 모르고 지나쳤는지
섣불리
절대 던지지도 말고
취급 주의 할 일이다

누나 예뻐

넘실넘실 다낭시
그냥 좋았다
다 좋았다
떠남이 좋았다
흙탕물 위 조그만 바구니에 몸을 맡기고
뱃사공의 노에 맞춰 배는 나아간다
고기잡이용 배를 지금은 사람 태워 구경시켜 주는 밥벌
이로 노 젓는 뱃사공
늙은 아줌마 아저씨인지 젊은 총각인지도 모르고
트롯트 가요에 맞춰 연신 춤춰 대는 바구니

누나 예뻐 누나 예뻐
누나 딸도 예뻐
서투른 한국말로 쫓아오는 뱃사공
1달러 팁에 연신 웃으며 쫓아오는
누나 예뻐 누나 예뻐
누나 딸도 예뻐

신나는 음악에 모두 즐겁지만

집에 오는 내내 한 아이 머문다

한국에 두고 온 고3 아들보다 더 어려 보이는

무표정으로 아무 말 없이 노만 젓던 그 아이

한번 웃어라도 줬으면

주머니에서 만지작만 하다

차마 건네지도 못한 1달러

베트콩 전쟁 시절 죽으면 하루 목숨값 1달러

아직도 전쟁 중인 그 아이

바구니에 마음까지 두고 올걸

어버이날

자그마한 키에
깜짝 놀란 토끼처럼
동그랗고 초롱초롱한 눈이 유난히
그렇게 믿음직스러웠다는데
자그만 손 때문에 밥벌이나 제대로 할는지
걱정이 안 된 건 아니지만
선하고 성실해 보이는 까무잡잡한 얼굴이
무척이나 마음에 드셨다는데
어느덧 그 청년
세 아이의 아빠가 되어
짊어진 어깨 힘겨울 법도 한데
자식 노릇 하며
자축도 하는 어버이날
아직은 꽃을 달 수 없어
커다란 꽃 그림 가슴에 그려진
원피스 슬쩍 입고 함께
챙기는 엄빠의 날

금어기

어릴 적 술 한잔 드시고 난 다음 날

어김없이 뻘건 찌개

투박한 낡은 양재기에 서투르게

빨간 고추장 두어 스푼 넣고

어설프게 썰어진 무에

뜨거움과 추레함에 돌돌 말린

고추장 때문인지 벗기지 않은 껍질 땜에 빨간

아빠표 오징어찌개

술 때문에 싫은지

너무 빠알갛기만 해서 싫은 건지

이젠 보고 싶어도 만날 수 없고 아니 먹고 싶어도 먹을

수 없는

잡지 못하는 오징어 금어기 때

어김없이 생각난다

술 먹은 다음 날 더욱 생각난다

지옥

불교에서는 말야
지옥이라는 게 있어
무간지옥이 최악이라는데
그게 말야
고통과 고통의 간격이 없는 지옥이라네
아마도 부모가 자식 생각하는 마음이
그렇지 않을까
마음의 감옥에 갇혀 평생 헤어 나올 수 없는 그런
부부끼리 서로 느끼고 생각하는 마음보다 더한

이제야

지천명 하늘의 명을 아는 나이
이순 귀가 순하여 다른 이의 말을 듣기만 해도 이해가
되는
종심 마음이 시키는 대로 하고자 하는 대로 해도
법도에 어긋남이 없는
철없는 며느리 지천명이 되어서
주름꽃 새록새록 만개하고
웃음꽃 가물가물 희미해지는
망구*된 시어머니
이제서야 편해졌는데
옛날 말 이제 조금 알 것도 같은데
너무 늦지나 않았는지 걱정이다

* 망구: 여든 한 살.

이삿날

이삿날이다 여러 해를 기다리다 겨우 하게 되었다 여기저기 계신 분들을 한곳에 모시는 일은 쉽지 않았다 종중에서 자리를 마련하였기에 가능한 일이었다 원래는 하얀 배꽃이 만발하고 앞에는 통천포 물이 흐르는 곳 말 그대로 배산임수였다 아버지는 내가 소를 몰고 가는 꿈을 꾸시고 좋은 기운을 받아 사신 거라고 생전 내내 흡족해하셨다 그래서 그런지 유난히 나를 예뻐하셨다 아버지는 할아버지 할머니 그리고 나중에 오실 당신 자리에 심지어 오빠의 자리까지 마련하셨다 과하다고 생각했다 의도치 않게 고속도로 다리가 지나가게 되어 무슨 수를 써서라도 다른 곳으로 모셔야 하는 곳이 되었다 평소 그렇게 가기 싫어하셨던 곳으로 아버지는 이사하셔야 했다

할아버지와 할머니 큰아빠 큰엄마 작은아빠 사촌오빠까지 함께였다 곱게 화장을 해 드리는데 오래전에 떠나신 분들 금방 끝이 났고 아버지는 그나마 국산 좋은 옷이라 그대로 잘 계셔서 수월했고 작은 아빠는 중국산 옷이라 쉽지 않았다고 했다 그래도 아버지는 좋겠다 얼굴조차 기억할 수 없는 아버지와 어린 조카들만 남기고 일찍 떠난 형과 아팠던 동생 장가도 못 가고 죽은 조카도 함께 볕

이 좋고 하늘 가깝고 저 멀리 다 내다보이는 곳으로 이사
했으니 유난히도 더운 날이었다 아버지에겐 오늘같이 좋
은 날 더 없겠다

병이 든다는 것은

아파트에 주차하고 가려는데 할머니 한 분 옆 차 조수석
에 타신다 정성스럽게 부축해 주시던 여사님 갑자기 다급
해한다 할머니 차에 타시며 잘못 눌러진 버튼 때문에 핸드
폰과 차 키를 넣은 채 잠겨 버린 문

할머니한테 열어 달라 하면 될 일이지 싶어 지나려는데
여사님 핸드폰 빌려 달란다 아무리 부르고 문을 열어 달라
고 해도 가만히 앞만 보고 계시는 할머니 안에 갇히신 분
은 치매 할머니 당신이 갇힌 줄도 모르고 눈만 껌벅이시
는 할머니 나이 먹는 것보다 병이 드는 것이 더 무서운 아
니 서러운 것일지도

언젠가 아파트 정전인 줄도 모르고 무심코 탄 엘리베이
터에 갇힌 적이 있었다 짧은 순간이었지만 그때의 그 공포
지금도 엘리베이터 탈 때면 숨 크게 한번 쉬게 되고 순간
지나가는 터널조차도 공포스러우며 자동 세차기는 불안해
들어가지 못한다 갇히고도 알지 못하고 또한 기억하지 못
해 두고두고 고통받지 않아서 어쩜 다행이지 싶은 고통은
보이지 않아 더 서럽고 괴로운 아침이다

해 설

교감交感
—신선희 첫 시집 『하얗게 웃는』에 부쳐

양애경(시인, 전 한국영상대 교수)

　신선희 시인은 공주문인협회의 사무국장을 지내고 지금은 부지회장으로 있는 씩씩한 행동파다. 사실 필자가 시인에 대해 아는 것은 그 정도였다. 키가 크고 목소리도 좀 큰 편이고 활달하며, 긴 속눈썹에 둘러싸인 동그란 눈이 예쁘다고 생각했다. 작품을 써 온 지는 꽤 오래 되었지만 이번이 첫 시집이라 한다.

　그런데 작품을 받아 보니 이게 그 활달한 사람 작품이 맞나 싶을 만큼 내성적인 면이 드러나는 시편들이었다. 사실 사람의 마음은 딱 한 개가 아니다. 이런 면도 있고 저런 면도 있다. 그리고 사회적으로 보여 주는 얼굴과 혼자 있을 때의 얼굴이 다르다. 그 모든 면이 합쳐져 그 사람을 이룬다. 그리고 시집 한 권 분량을 읽으면 비로소 그 사람이 조금은 보이기 시작한다 할까. 그래서 시집을 읽는 일은 한 사람을 제대로 알아 가는 일처럼 조심스럽고 두근거리는 경험이 되곤 한다.

이 글에서는 신선희 시인의 시, 그리고 시 속에 담긴 시인을 찾아가는 일을 3장으로 나누어 이야기해 보기로 한다. 마음 → 사람과의 교감 → 사랑의 확인의 3단계가 될 듯하다.

1. 마음

신선희 시인의 시선은 주변의 아름다운 자연에도 쏠리지만, 가장 큰 관심은 사람, 그리고 사람과 사람 간의 관계에 있는 것 같다. 자신의 마음을 들여다보는 일은 사람에 대한 탐구의 출발점이 된다. 어떻게 보면 자신의 마음을 아는 것이 가장 어려운 일일 수도 있다.

지붕 끝 저 멀리
까치 날아올라 내리다 난간에 멈칫한다
떨림을 감추려는 듯
재빨리 날개를 퍼덕인다
파란 하늘 위
낮달에게 들키지 않으려는 듯

지금의 내 모습이 그러하다
희미해진 낮달

슬며시 피해 준다

—「낮달」전문

시인은 지금 창가에 서서 밖을 내다보고 있다. 그렇게 한가
한 날도 아니다. 몸을 부지런히 움직여야 하는데, 마음의 어느
부분이 손발을 붙들어 매어 놓았다. 시선 가는 곳에 까치 한 마
리가 날고 있다. 시인에겐 난간에 내려앉을까 말까 망설이고
있는 까치가 마치 자신의 모습처럼 보인다. 사실, 까치의 움직
임에서 '멈칫'하는 동작과 '떨림'을 보는 것은, 시인 자신의 마
음이 멈칫거리고 떨리고 있기 때문이다. 시 속의 화자는 지금
갈등과 복잡한 감정을 느끼는 중이지만 겉으론 표시를 내지 않
으려고 애쓰고 있다. 그 감정을 남에게만 숨기는 것이 아니다.
자기 자신에게도 숨기고 있다. 일종의 감정의 회피라 할까. 사
실 우리에겐 이런 순간이 꽤 많다. 아마도 삶에 정답이 마련되
어 있지 않아서일 것이다.

다른 시 「허공」에서 시인은 마음속에서 수시로 울려 대는 풍
경 소리를 듣는다. "땡그렁 땡그렁" 울리는 그 소리는 뭔가 위
험을 경고하는 소리인 것도 같고, 그대로 해 나가라고 격려하
는 소리인 것도 같다. 그러니까 어떤 행동을 앞두고 울려 대는
이 풍경 소리는 시인 마음속의 망설임이다. 시인은 열정적이
면서도 조심성이 많은 성격인 것 같다. 그래서 스스로도 답답
해하고 있는 것 같다.

대부분 이런 갈등은 사람과 사람의 관계가 잘 풀리지 않을

때 생긴다. 날이 궂다가 개었을 때, 시인은 구름이 걷히고 갑자기 놀랍도록 파래진 하늘을 보며 아래와 같이 곱씹어 본다.

풍덩 던지고 싶은
하늘

시퍼렇게
멍든 마음이 저럴까

—「청천青天」 부분

그런 날씨는 여름 무더위 철에 많다. 금세 소나기가 쏟아지다가 멎고 구름이 걷히면서 평소와는 다른 새파란 하늘이 보인다. 그 하늘색을 보고 보통은 아름답다거나 시원하다는 인상을 받을 텐데 시인은 좀 다르다. "시퍼렇게/ 멍든 마음이 저럴까"라고 생각한다. 마음속의 갈등 때문이다. 시인은 하늘을 점령했던 구름이 강한 바람에 쓸려 사라진 하늘을 보며, "속좁은 이 마음도 가져가면 좋겠네"라고 독백한다. 서정적인 짧은 형식을 하고 있지만, 시인의 마음의 상처가 느껴지는 시다.

시 「바람 부는 날」은, 강해 보이면서도 속은 많이 여린 신선희 시인의 마음이 거쳐 온 길이 잘 느껴지는 수작이다.

깎아지른 절벽 틈
꽃잎을 피우며
바람 끝자락

늙은 벗나무 한 그루

노동에 찌들어
살다 가신 아버지 닮았다

"화내지 말고 참고 살아라"

파도 소리 내며 흐르던 강 물결
꽃잎 떨어질 때마다 순해진다

저 멀리
하얗게 웃는
늙은 벗나무

—「바람 부는 날」 전문

시인은 지금 갈등 상황에 있다. 순한 사람도 강한 공격을 받으면 사나워진다. 그렇지만 사랑을 많이 받고 큰 사람은, 거칠고 힘들어질 때, 받은 사랑을 떠올리며 자신을 순화시킬 힘을 얻는다. 아마도 그래서 사랑을 많이 받은 사람이 남에게도 사랑을 많이 줄 수 있다고 하나 보다.

이 시에서 시인은 절벽 틈에 난 벗나무를 보고 있다. 바위 사이에 간신히 뿌리를 내리고 서서, 세찬 바람 속에서 여린 꽃잎을 피우고 있는 늙은 벗나무는 노동으로 늙으셨던 아버지를 떠올리게 한다. 성격이 급한 데가 있는 딸에게 아버지는

"화내지 말고 참고 살아라"라는 말씀을 남겨주셨다. 누구보다 사랑해 주신 아버지셨기에 그 말은 잔소리가 아니라 사랑의 말씀으로 남았다. 강물에 벚꽃 꽃잎이 떨어지는 것을 바라보며 아버지의 말씀을 되새기자, 차츰 시인의 마음이 순해진다. "순해진다"는 말이 참 아름답다. "저 멀리/ 하얗게 웃는/ 늙은 벚나무"에서 시인은 저승에 계신 아버지가 이승의 딸에게 보내는 미소를 본다.

갈등의 해소는 결국 자신과의 화해이기도 하다. 시「그림자」는 자신과의 화해를 잘 보여 주는 시다.

스스로 가둔 동굴
허우적대다
무언가 홀린 듯 무작정 나오니
문밖에 펼쳐진 또 하나의 세상

이마에 맺히는 땀방울도
머리칼을 스치는 바람도 꽃도
그저 좋다

그냥 돌아앉았을 뿐인데

—「그림자」 전문

시 속의 화자는 자신을 괴롭혔던 갈등 국면이 결국은 자신에게서 비롯된 일임을 알고 있다. 그러니, 마음을 바꾸어 그

국면에서 탈출하는 일도 자신의 몫이다. 평범한 듯한 전개이지만, 이 시의 마지막 1줄이 절묘하다. "그냥 돌아앉았을 뿐인데"라는 말이다. 사실, 친하지 않은 사람과의 갈등은 오래가지 않는다. 그 국면만 해결되면 잊힌다. 하지만 가까운 사람에게 느낀 서운함과 분노는 계속 곱씹어지면서 서로의 마음을 상하게 한다. 그러다가 딱 한 발 물러나거나 입장 바꾸어 생각해 보면 달라지기도 한다. 도저히 풀 수 없도록 꼬인 매듭은 가위로 한 번에 잘라 주는 것이 답이다. 역시, 져 주는 것이 이기는 것이라는 말은 명언인 것 같다. 그럴 때, 타인을 용서하는 것은 자신과의 화해가 된다.

2. 교감交感

신선희 시인이 시「자고 있는 사람」에 썼듯이, 그녀가 가장 중요하게 여기는 것은 '사람'이다. 사람을 좋아하기에 모임에서 중심 역할을 맡아 봉사하기도 하고 여러 사람과 만나지만, 그러다 보면 상처받을 일도 종종 생긴다. 그래서 상처받을까 봐 움츠러들기도 하고, 본의 아니게 상대방에게 상처를 주는 일도 생긴다.

시「취급 주의」에서 외출에서 돌아온 시인은 아파트 현관 앞에 놓인 택배 상자를 본다. 상자에는 "취급 주의/ 절대 던지지 마세요"라고 적혀 있다. 부서지기 쉬운 어떤 물건을 주문했었던가 기억을 더듬어 보지만, 열어 보기 전까지는 기억나지 않는다. 그리고 보니 진짜 취급을 주의해야 했을 것은 부서지기 쉬운 물건보다는 내 곁에 있는 사람들의 상처 입기 쉬운 마음이었다. 시인은 "못된 말/ 두고두고 곱씹히는 말/ 칼로 베이는 듯한 말"들로 그들을 다치게 한 적은 없었는가 되짚어 본다. 없었다고 자신할 수 없는 자신을 반성한다. 그 사람들을 더 소중하게 더 조심스럽게 대해야 했다.

하지 말아야 할 말 해 놓고
그러지 말아야지
수백 번 다짐은 다 잊고
이런 말 해도 되나는 왜 하였는가
믿는다고
아니 누구도 나조차 다 믿지 말라고는 왜 말하였는가
사람과 사람 사이엔 어긋남도 있기 마련
좋았으면 다 좋았을 것을
다짐은 뭐였나
사람과 짙어지기까지 그때까지만
좋아하는 것은
내가 더 다가가는 것임을
그냥 그대로가 진심임을
말은 더욱 필요 없었을 것을

—「필요 없는 말」 전문

상처 주는 말, 듣기 거북한 말은 절대로 하지 말자고 스스

96

로 다짐했건만, 또 실수를 하고 말았다. 게다가, "이런 말 해도 되나"라는 뻔한 말로 시작한 자신이 가증스러울 정도다. 그건 상대를 배려하는 척한 선전포고가 아닌가. "나조차 다 믿지 말"란 말은 왜 하였나. 상대가 얼마나 불안해졌을 것인가. 하지 말아야 할 말은 하지 말고, 있는 그대로 믿어 주어야 했다. 한때는 내가 그렇게 가까워지고 싶어 정성을 들였던 바로 그 사람을, 내가 더 좋아하고, 내가 더 다가가고, 진심으로 대했으면 좋았을 것이다. 회한에 가득 찬 이 시를 읽으며 공감이 간다. 이런 후회를 한 번도 하지 않은 사람은 아마 없지 않을까.

생텍쥐페리의 『어린 왕자』는 사람과 사람의 관계라는 어려운 주제를 아주 쉬운 말로 설명해 준 책이다. '길들인다'는 말이 핵심이다. 어린 왕자가 물 주고 공들여 가꾼 장미, 그리고 긴 시간을 두고 조금씩 가까워져 길들여진 사막여우. 모든 관계 맺음에는 이러한 시간과 애정이 필요하다. 신선희 시인은 시 「교감」에서 관계에 대해 말한다. 지인이 여행을 가면서, 시인에게 자기가 기르는 들고양이와 열대어의 밥을 챙겨 달라고 부탁한다. 지인이 일러 준 대로 시간 맞춰 방문하여 사료와 물을 챙겨 줬건만, 반응이 이상하다. 고양이는 눈치를 보고, 물고기는 시위하듯 물속에서 거꾸로 누워 있다. 주인에게 버림받았을까 봐 불안해하는 것 같다. 어항 속 물고기까지 주인을 알아보는데, 사람은 어떨 것인가 하고 시인은 생각한다.

시 「누나 예뻐」는 베트남 다낭에 여행 갔던 때의 경험을 담고 있다. 일행이 어선을 개조한 배를 타고 투어를 하고 있다.

한국인 관광객의 팁을 끌어내기 위해 뱃사공이 트로트 가요를
신나게 틀며 흥을 돋운다.

　　누나 예뻐 누나 예뻐
　　누나 딸도 예뻐
　　서투른 한국말로 쫓아오는 뱃사공
　　1달러 팁에 연신 웃으며 쫓아오는
　　누나 예뻐 누나 예뻐
　　누나 딸도 예뻐

　　신나는 음악에 모두 즐겁지만
　　집에 오는 내내 한 아이 머문다
　　한국에 두고 온 고3 아들보다 더 어려 보이는
　　무표정으로 아무 말 없이 노만 젓던 그 아이
　　한번 웃어라도 줬으면
　　주머니에서 만지작만 하다
　　차마 건네지도 못한 1달러
　　베트콩 전쟁 시절 죽으면 하루 목숨값 1달러
　　아직도 전쟁 중인 그 아이

　　바구니에 마음까지 두고 올걸
　　　　　　　　　　　　　　　　—「누나 예뻐」부분

'누나 예쁘다'고 서투른 한국어로 추켜올리며 흔들어 대는 뱃
사공의 바구니에 관광객의 1달러 지폐가 쏟아지는 동안, 시인

은 무표정한 얼굴로 노만 젓고 있던 베트남 소년이 마음에 걸렸다. 아마도 어린 나이의 가장일 듯해서다. 그렇지만 정작 팁을 주고 싶었던 그 소년은 손을 내밀지 않으니, 쑥스러워하다가 그만 기회를 놓치고 만다. 그러고는 내내 마음 아프고 아쉽다.

어려운 이웃에 대한 공감과 연민이 잘 드러난 또 다른 시로 「병이 든다는 것은」이 있다. 아파트 주차장에서 마주친 풍경이다. 요양보호사의 부축을 받아 자동차에 올라탄 할머니 한 분이 버튼을 잘못 눌러 자동차에 갇히고 만다. 핸드폰과 차 키를 차 안에 두고 할머니와 분리된 요양보호사는 차 문을 열어 달라고 애타게 두드리지만, 치매인 할머니는 가만히 앞만 보고 앉아 있다. 그러잖아도 폐소공포증이 있는 시인은, 나이 먹는 것보다, 죽는 것보다, 저런 상태에 갇혀 버리는 것이 더 무섭고 서럽겠다고 생각한다. 사실 죽음보다 저런 형태의 병이 더 삶을 망가뜨린다.

다행히 흐뭇한 교감을 보여 주는 시도 있다. 시 「대화」다. 읽어 보면 영상을 보는 것처럼 생생하고 재미나다.

눈가
주름이 자글자글한 노인과
아직 채 성글지 않은 아이
같이 잠을 자고 있다

아이는 노인의 기차 지나가는 숨소리에 뒤척이고

노인은 아이의 서슬 푸른 발길질에 잠을 설친다
둘 다 잠을 편히 자기는 틀린 모양

갑자기
일어섰다 눕는 아이
잠결에 놀란 노인 모르는 척
얼른 부채질을 한다

할머니 고마워요

아이의 잠꼬대가 저만치 간다
노인도 코골이로 답을 한다
둘 사이에
우리가 알지 못하는
대화가 흐른다.

—「대화」 전문

주름이 자글자글한 할머니와 아직 채 성글지 않은 아이 하나가 같이 잠을 자고 있다. 둘 다 불편해 보인다. 노인은 심하게 코를 골고, 아이는 잠결에 발길질을 하는 습관이 있기 때문이다.

그런데 그것도 아니었다. 아이가 잠결에 벌떡 일어났다가 다시 눕자, 할머니가 아이에게 부채질을 해 주신다. 어제 오늘 일이 아니다. 할머니는 오래전부터 이렇게 아이가 잠에서 깨면 부채질을 해 주셨으리라. 아이는 잠꼬대처럼 "할머니 고마워요"라고 한다. 그러곤 둘 다 다시 쓰러져 잠이 든다. 어쩌면 이렇게 구수한 풍경을 담담하게 써 내려갔는지 읽다가 저절로 미소가 떠오른다. 사람과 사람의 관계, 오랜 길들임, 교감……. 이 시 한 편에 신선희 시인이 이 시집에서 하고픈 말이 축약되어 있는 것 같다.

3. 사람, 사랑

신선희 시인의 가족사가 잘 드러난 시로 「어른이 되어서야」가 있다. 신선희 시인은 아버지에 대한 애정이 깊은 듯, 아버지에 대한 시들이 유난히 좋다. 그러나 처음부터 그랬던 것 같지는 않다. 제목에서 보이듯이 아버지를 제대로 알게 된 것은 나이가 든 후였던 것 같다. 산문시 형식을 한 이 시에서, 아버지는 이른 새벽에 도시락을 싸 가지고 출근하면서 매일 들르는 곳이 있다. 할아버지와 할머니의 산소다. 비가 와도 눈이 와도 산소에서 절을 하고 가기 때문에 산소 앞이 움푹 파여 잔디도 안 날 정도다.

할아버지는 아버지가 얼굴도 기억 못 하는 나이에 돌아가셨다고 했다 그럼에도 얼마나 사무치고 그리웠으면 자리가 파일 정도로 찾아갔을까 아버지도 기댈 곳이 필요했던 것이다 이제는 안다 어른이 왜 이렇게 힘든지 철없던 시절이지만 또렷이

아버지 얼굴 생각날 때 그리워할 수 있는 추억이라도 내겐 있
다 사람에겐 다 힘든 시기가 있다 착하게 살면 그 끝은 좋다고
항상 그런 말을 해 줬던 아빠가 내게도 있었다 지금은 없어진
곳 그 언저리인가 짐작만 하는데 그 자리 지날 때면 등 굽은 아
버지 아직도 거기 앉아 계신다

—「어른이 되어서야」 부분

아버지는 왜 얼굴도 기억 못 하는 자신의 아버지 산소에 가
서 절을 하고서야 출근을 하셨을까. 고단한 새벽, 잠깐이라도
더 눈을 붙이고 싶지는 않으셨을까. 이른 나이에 아버지를 잃
었으니, 편안한 직장을 잡을 만큼의 교육을 받지 못한 채로 가
장이 되었을 것이다. 부양할 가족은 많은데 하루하루가 힘겹
고 불안한 아버지에겐 그만큼 절박하게 기댈 곳이 필요했던 것
이다. 딸은 아버지의 마음을 자식을 낳아 길러 본 후에야 알게
된다. 삶에도 연습이 있으면 좋을 텐데, 언제나 지난 후에 자
식들은 후회를 하게 된다.

또, 시인은 시 「금어기」에서 아버지가 끓여 주신 오징어찌개
를 추억한다. 아버지가 술 드신 다음날 해장용으로 끓이던 어
설프고 맵기만 했던 그 찌개는 이제 그리운 음식이 되었다. 아
버지가 술 드신 게 달갑지 않아서 찌개도 달갑지 않았던 딸은,
이제 술 먹은 다음 날 아침이면 그 찌개가 입에 당긴다. 입맛
까지 닮아 가는 것이다.

이렇듯, 가족이란 정말 큰 인연으로 맺어진 관계인 것 같다.

혈연—피를 나누는 일의 무게는 나이가 들수록 더 크게 느껴진다. 이승과 저승으로 나뉘어서도, 꿈과 현실을 넘나들며 기어이 만나고야 만다.

새해가 밝았다
떠오르는 태양은 볼 수 없었다

첫날부터 알 수 없는 무엇인가로
답답했던 것도 잠시
뜨지 않는 해를 보며
소원을 빌던 엄마 말씀하신다
꿈자리가 그렇게 뒤숭숭하더니
간밤에 니들 아빠 다녀갔다
니 아버지 올해가 팔순이시다
생신에 옷 한 벌 지어 드려야겠다

그렇구나

잿빛 하늘 섧다

—「팔순」 전문

시 「팔순」은 새해 첫날의 가족 풍경을 담았다. 날이 흐릿하여 일출은 볼 수 없다. 가족이 모여 있는 자리에 뭔가 답답한 분위기가 떠돈다. 새해 소원을 비는 자리에서 엄마가 말을 꺼내신다. '간밤 꿈에 니들 아버지가 다녀갔다. 니 아버지 올해가 팔순이시니 생신에 옷 한 벌 지어 드려야겠다.' 그것이 엄마의 새해 소원이다. 딸은 속으로 딱 한 마디 "그렇구나"라고 한다. 울컥 서러운 느낌이 들어 입을 열었다가는 눈물이 날 것 같아서다. 세상 떠나신 아버지에게도 돌아오는 팔순이라는 나이. 그리고 돌아가신 분을 위해 짓는 새 옷 한 벌. 말을 아낀 짧은 구절 속에 시인의 어머니의 성격과 아버지를 향한 애정이 잘 나타나 있다.

어머니와 시인의 관계를 잘 보여 주는 시로 「생일 국」이 있다.

정월 초하루
80 노모가 반백 살 딸 밥상 차린다
으레 이날이면 차례상 뒤로 당연하듯
어미 아니면 누가 챙겨 주나
불쌍히 여긴 게다

정작
당신은 그날 제대로 드실 수나 있었던가
남들은 아이 낳고 물리도록 먹었다는데
80 넘어서까지 여전히 끓여 주시는
염치없음에도
먹어도 먹어도 평생 물리지 않는 생일 국

몇 번이나 더 먹을 수 있을까
언제나 생각해도 눈물겨운 사랑

—「생일 국」 전문

하필이면 정월 초하룻날이 시인의 생일이다. 아내이자 며느리인 딸이 차례 준비로 가장 바쁜 날 자기 생일을 챙길 수 있을 리 만무하다. 그래서 딸을 안쓰럽게 생각한 어머니께서 미역국을 끓여 생일상을 차려 주신다. 그래도 80 노모가 반백 살 딸의 밥상을 차리시는 건 좀 너무했다는 생각이 든다. 또, 생각해 보면 정월 초하룻날 아이를 낳은 젊은 시절의 어머니께는 미역국이라도 챙겨 줄 사람이 있었겠는가. 정작 당신은 그날 얼마나 힘들고 서러웠을까 싶어, 딸은 어머니께 죄송하고 감사하다. 그리고 '몇 번이나 더 엄마가 끓여 주시는 생일국을 먹을 수 있을까' 하고 노모의 건강을 걱정한다.

딸로서의 시인은 부모님의 사랑을 받기만 하는 존재였다면, 이제 자신이 만든 가족에게 사랑을 나눠 주기도 하고 받기도 하는 새로운 관계를 만들었다.

사람이 좋다
그렇다고 무턱대고 아무나 좋아한다는 것은 아니다
나와 생각이 같거나 좋아하는 게 같거나
그도 아니면 마음이 따뜻하거나

만졌을 때 그냥 좋은
결이 같은 사람이라 더욱 따스한
그렇지만 적당한 온도로 과하지 않게
적정 거리를 유지할 수 있는
그래서 오랫동안 함께할 수 있는

사람이 좋다

언제든 닿을 수 있는 곳에

그런

사람 살고 있다

갑자기 짜증을 내면

다른 사람 눈치채기도 전

얼른 알아채고 밥부터 먹자는 사람

얼굴 표정 하나만으로도 기분을 알아채는 사람

살짝 귀에 이어폰 꽂아 주며 좋아하는 음악으로 감싸 주
는 사람

그런

사람 저기 자고 있다

예전엔 다 좋았던 건 아니다

이제야 더욱 좋아진 거다

　　　　　　　　　　　　　　—「자고 있는 사람」 전문

　부모와 자식 관계는 필연이었지만, 새로 만든 가족은 우연
에서 필연을 만들어 가는 과정이라 할까. 시인은 "사람이 좋
다"고 단언하는데, 아무나 좋은 건 아니라 한다. 여러 조건의
시험을 거쳐 내게 맞는, 내가 좋아할 수 있는 사람을 선택하
고, 그와의 관계를 만들어 간다. 그가 좋아하는 사람이 되기
위한 노력도 물론 필수적이리라. 관계는 일방적인 것이 아니
라 상호적인 것이기 때문이다. 아무튼, 좋아하는 사람을 고르

는 시인의 조건은 물질적인 것과는 거리가 멀지만, 나름 꽤 까다롭다. 나와 생각이 같거나 좋아하는 게 같거나, 그도 아니면 마음이 따뜻해야 한다. 따스하지만, 너무 뜨겁지 않고 적정 거리를 유지하여 오래 함께할 수 있는 사람이어야 한다. 나를 차분히 받아주고 안정시켜 주는 사람이어야 한다.

시인은 운이 좋았다. 그런 사람을 만났다. 내 사람으로 만들었고, 지금 저쪽에서 그 사람이 잠들어 있다. 시인에게 물었더니 그 사람이 남편 맞다고 한다. 시인은 운이 좋았다. 물론, 그럴 만한 자격이 넘치는 사람이기에, 자신이 원하는 좋은 사람을 만날 수 있었을 것이다. 그래도 시인은 고집이 있는 사람이다. 말미에 붙인 말이 곱씹을수록 재미있다. 그 사람도 "예전엔 다 좋았던 건 아니"라는 거다. "이제야 더욱 좋아진 거"란다. 무조건 좋다는 게 아니라 고집스럽게, 함께한 세월 속에서 서로 맞춘 나머지 이제 더 좋아졌다는 정직한 말이, 두 사람의 관계를 더 미덥게 보여 준다.

신선희 시인은 신랑과 잘 키운 세 아이들과 함께 종종 가족 음악회를 열곤 했다고 한다. 함께 악기를 연습하고 연주하며 음악으로 서로의 화합을 확인하는 일은 행복하리라.

따뜻해서 좋았다
여전히

설렜다

처음처럼

손만
잡았음에도

―「색소폰」 전문

위와 같이, 신선희 시인의 시에는 짧고 서정적인 작품과 산문적이거나 서술적인 작품이 섞여 있다. 신선희 시인의 시선은 자연의 아름다움에도 머물지만, 가장 관심 있어 하는 것은 사람, 그리고 사람과의 관계에 대한 탐구다. 활달한 겉모습과는 달리 시인의 시는 상당히 내향적이지만, 사람 사이의 교감을 깊이 탐구하면서 터져 나갈 듯한 역동성을 얻기 시작하고 있다.

활달한 모습 밑에 숨기를 잘하는 수줍고 여린 마음이 있고, 사람들을 좋아하여 따뜻하게 감싸지만 종종 상처받기도 하고 때로는 자신이 상처 줄까 걱정하기도 하고, 애정을 애정으로 돌려줄 줄 아는 신선희 시인의 마음을 읽으며 보낸 이번 여름한 달은 즐겁고 보람 있는 시간이었다.

이제 오래 꿈꾸던 첫 시집을 완성하셨으니 두 번째 시집은 더 자신 있게, 조심스러워서 하지 못했던 말도 시원하게 쏟아내며 묶으시게 될 것이라고 축원해 본다.